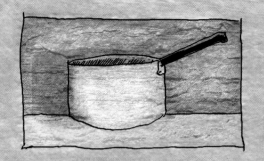

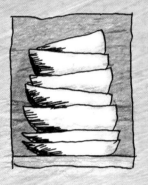

'S e am Madadh-ruadh a thòisich e. Thug e cuireadh dhan Chorra-mhonaidh a thighinn gu dìnnear...

Nuair a ràinig a' Chorra-mhonaidh taigh a' Mhadaidh-ruaidh, chunnaic i soithichean de gach dath is seòrsa air feadh nan sgeilpichean. Feadhainn mhòr is feadhainn bheag, feadhainn àrd is feadhainn ìseal.

Bha dà shoitheach air an càradh air a' bhòrd. Dà shoitheach chòmhnard is eu-domhainn.

Bha a' Chorra-mhonaidh a' piocadh is a' sgobadh le a gob fada caol. Ach ge be dè cho cruaidh a dh'fheuch i ris, cha d' fhuair i fiù balgam dhen bhrot.

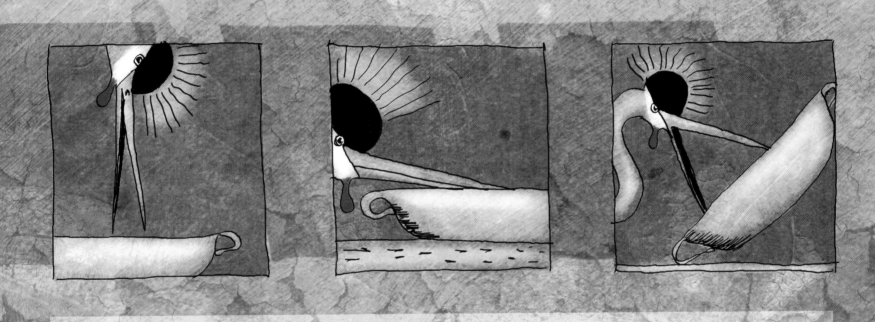

Crane pecked and she picked with her long thin beak. But no matter how hard she tried she could not get even a sip of the soup.

Am Madadh-ruadh is a' Chorra-mhonaidh

Sgeulachd le Aesop

The Fox and the Crane

An Aesop's Fable

retold by Dawn Casey

illustrated by Jago

Scottish Gaelic translation by Michael Bauer

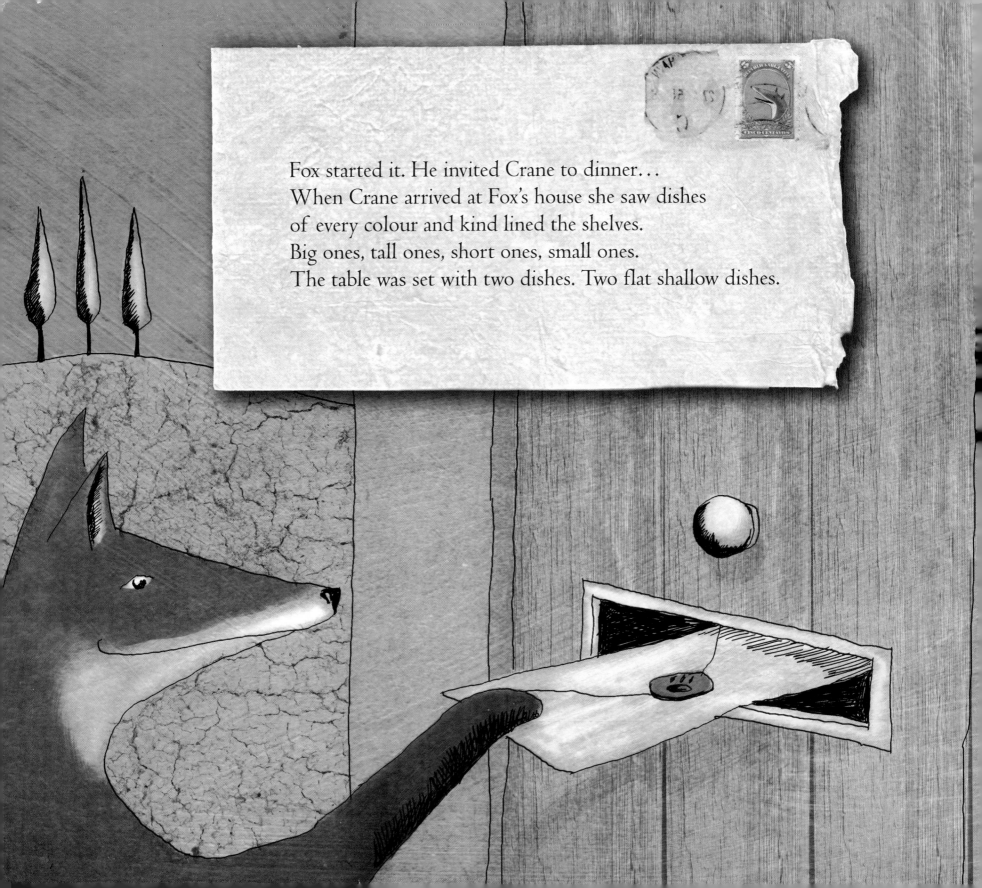

Fox started it. He invited Crane to dinner...
When Crane arrived at Fox's house she saw dishes
of every colour and kind lined the shelves.
Big ones, tall ones, short ones, small ones.
The table was set with two dishes. Two flat shallow dishes.

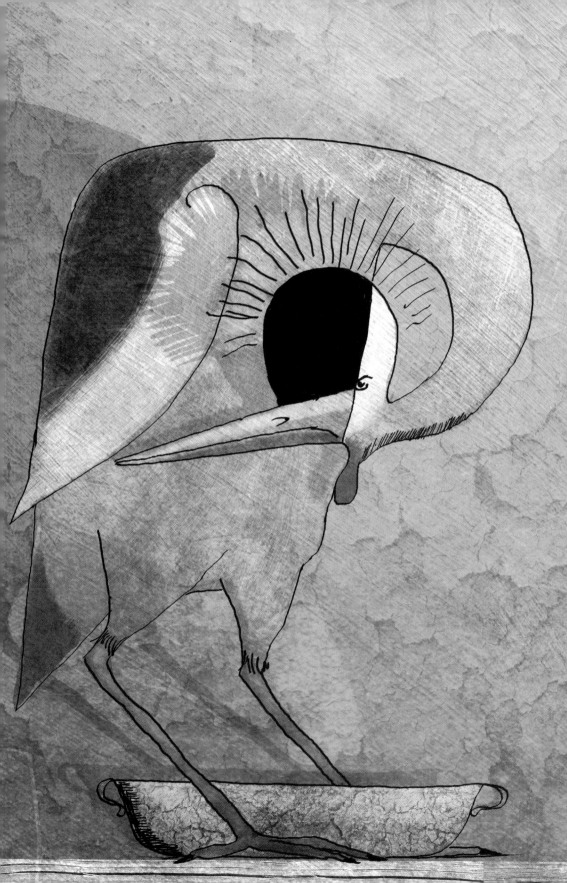

Bha am Madadh-ruadh a' coimhead air a' Chorra-mhonaidh is i a' dèanamh spàirn agus rinn e siot-ghàire. Thog e fhèin a bhrot gu a bhilean is le SLUGAN, SLUPAN, SLAPAN dh'òl e am brot.

"Àààà, nach eil sin blasta?" rinn e magadh is e a' suathadh fheusag le cùl a spòige.

"A Chorra-mhonaidh, cha do ghabh thu fiù balgam dhe do bhrot," ars am Madadh-ruadh le plìonas. "'S mi a tha duilich nach do chòrd e riut," ars e an uairsin is e a' feuchainn gun a bhith dèanamh gàire mhòr sgeigeil.

Fox watched Crane struggling and sniggered. He lifted his own soup to his lips, and with a SIP, SLOP, SLURP he lapped it all up. "Ahhhh, delicious!" he scoffed, wiping his whiskers with the back of his paw. "Oh Crane, you haven't touched your soup," said Fox with a smirk. "I AM sorry you didn't like it," he added, trying not to snort with laughter.

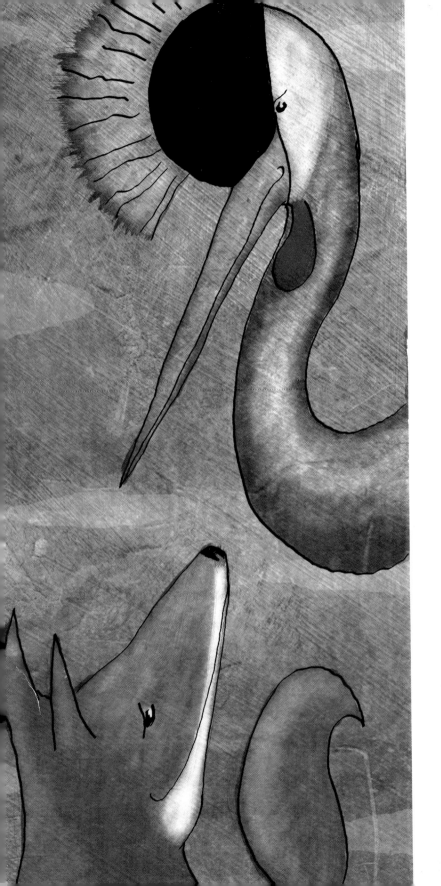

Cha tuirt a' Chorra-mhonaidh bìd. Choimhead i
air a' bhiadh. Choimhead i air an t-soitheach.
Choimhead i air a' Mhadadh-ruadh is rinn i
snodha-gàire.
"A Mhadaidh-ruaidh chòir, tapadh leat airson do
chaoibhneis," ars a' Chorra-mhonaidh gu modhail.
"Bu toil leam do dhìoladh - nach tig thu gu
dìnnear aig mo thaigh-sa?"

Bha an uinneag fosgailte nuair a ràinig am
Madadh-ruadh ann. Bha fàileadh ro-bhlasta
a' tighinn a-mach air an uinneig. Thog e a shròn
is ghabh e boladh. Chuir am boladh sin uisge gu
fhiaclan.
Bha rùcail na ghoile. Dh'imlich e a bhilean.

Crane said nothing. She looked at the meal. She looked
at the dish. She looked at Fox, and smiled.
"Dear Fox, thank you for your kindness," said Crane
politely. "Please let me repay you — come to dinner at
my house."

When Fox arrived the window was open. A delicious
smell drifted out. Fox lifted his snout and sniffed. His
mouth watered. His stomach rumbled. He licked his lips.

"A Mhadaidh-ruaidh chòir, thig a-steach,"
ars a' Chorra-mhonaidh is i a' sìneadh
a-mach a sgiath gu gràsmhor.
Bhrùth am Madadh-ruadh seachad oirre.
Chunnaic e soithichean de gach dath is
seòrsa air feadh nan sgeilpichean.
Feadhainn dhearg is feadhainn ghorm,
feadhainn shean is feadhainn ùr.
Bha dà shoitheach air an càradh air a'
bhòrd. Dà shoitheach àrd is caol.

"My dear Fox, do come in," said Crane,
extending her wing graciously.
Fox pushed past. He saw dishes of
every colour and kind lined the shelves.
Red ones, blue ones, old ones, new ones.
The table was set with two dishes.
Two tall narrow dishes.

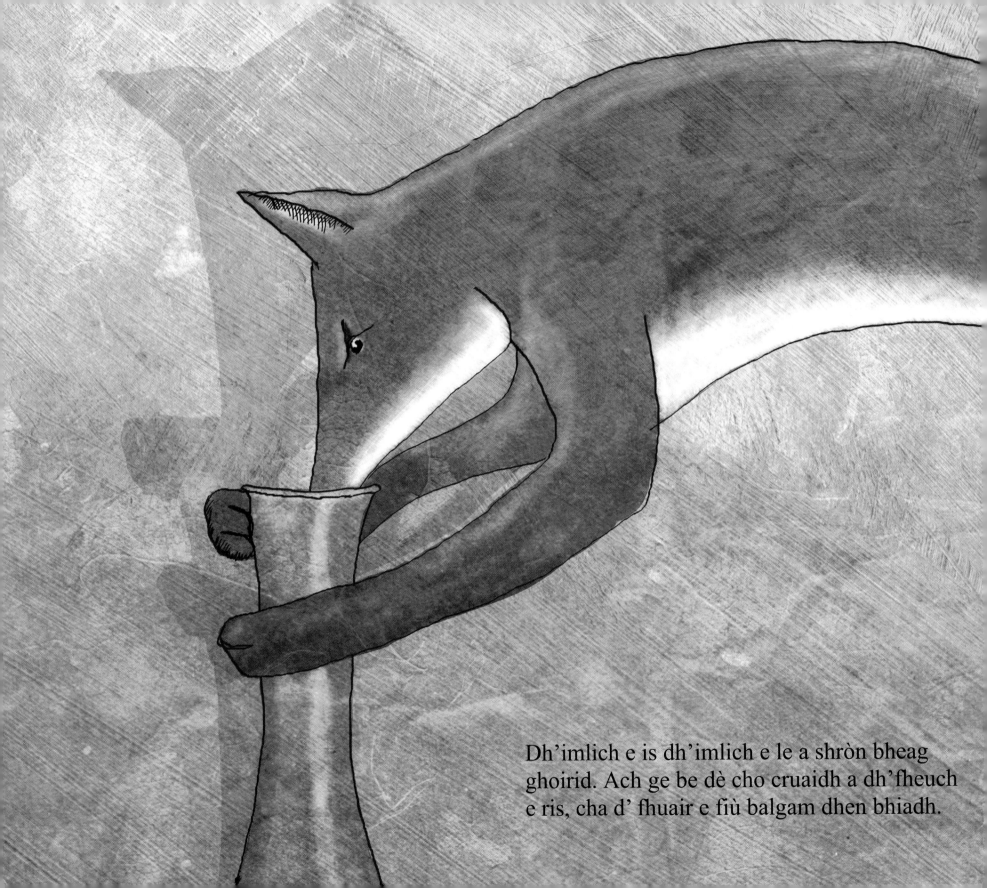

Dh'imlich e is dh'imlich e le a shròn bheag ghoirid. Ach ge be dè cho cruaidh a dh'fheuch e ris, cha d' fhuair e fiù balgam dhen bhiadh.

Fox licked and he lapped with his short little snout.
But no matter how hard he tried he could not
get even a mouthful of the meal.

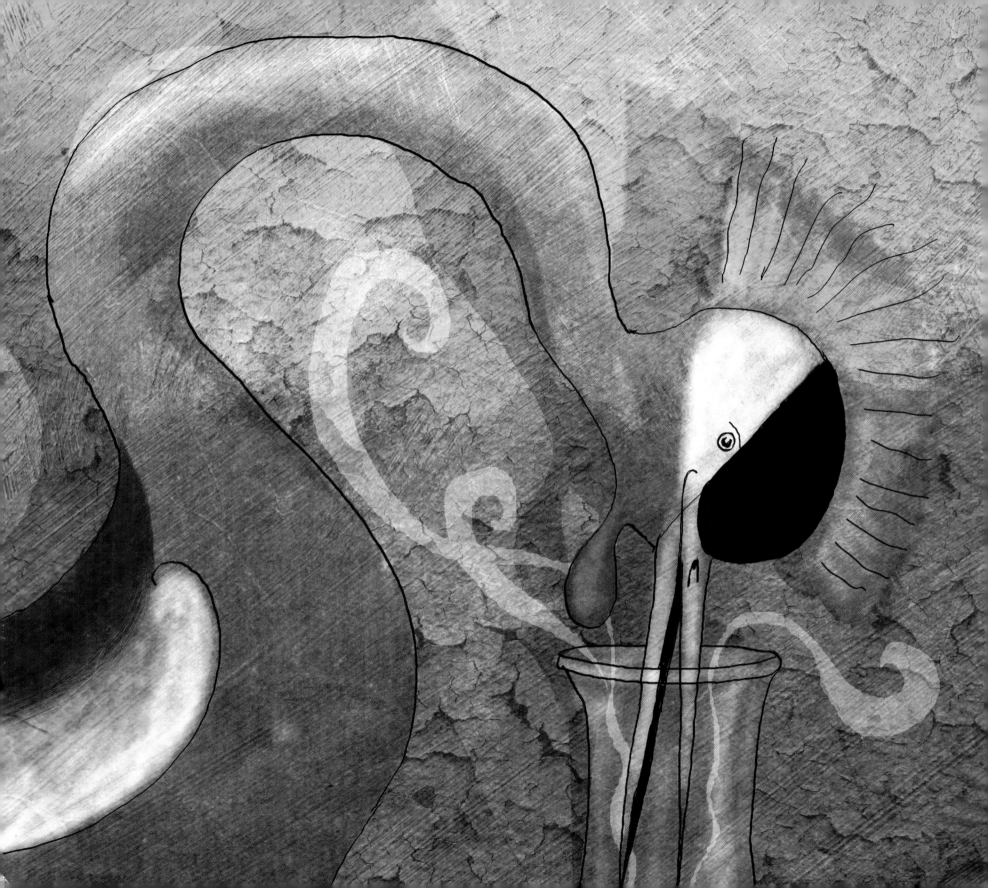

Dh'ith a' Chorra-mhonaidh a biadh gu socair, slaodach,
a' feuchainn blas a h-uile balgaim.
"A Mhadaidh-ruaidh chòir, 's mi a tha toilichte gun tàinig thu,"
ars i 's rinn i snodha-gàire, "chòrd e gu mòr rium gun robh
cothrom agam do choibhneas a dhìoladh."

Bha goile a' Mhadaidh-ruaidh a' rùcail is a' gogail.
Agus nuair a chaidh e dhachaigh, bha an t-acras air fhathast.

Crane ate her meal very slowly, savouring every mouthful.
"Dear Fox, thank you so much for coming," she smiled,
"it has been a pleasure to repay your kindness."

Fox's tummy gurgled and grumbled.
And when he went home, he was still hungry.

The Fox and the Crane

Writing Activity:
Read the story. Explain that we can write our own fable by changing the characters.

Discuss the different animals you could use, bearing in mind what different kinds of dishes they would need! For example, instead of the fox and the crane you could have a tiny mouse and a tall giraffe.

Write an example together as a class, then give the children the opportunity to write their own. Children who need support could be provided with a writing frame.

Art Activity:
Dishes of every colour and kind! Create them from clay, salt dough, play dough… Make them, paint them, decorate them…

Maths Activity:
Provide a variety of vessels: bowls, jugs, vases, mugs… Children can use these to investigate capacity:

Compare the containers and order them from smallest to largest.

Estimate the capacity of each container.

Young children can use non-standard measures e.g. 'about 3 beakers full'.

Check estimates by filling the container with coloured liquid ('soup') or dry lentils.

Older children can use standard measures such as a litre jug, and measure using litres and millilitres. How near were the estimates?

Label each vessel with its capacity.

The King of the Forest

Writing Activity:
Children can write their own fables by changing the setting of this story. Think about what kinds of animals you would find in a different setting. For example how about 'The King of the Arctic' starring an arctic fox and a polar bear!

Storytelling Activity:
Draw a long path down a roll of paper showing the route Fox took through the forest. The children can add their own details, drawing in the various scenes and re-telling the story orally with model animals.

If you are feeling ambitious you could chalk the path onto the playground so that children can act out the story using appropriate noises and movements! (They could even make masks to wear, decorated with feathers, woollen fur, sequin scales etc.)

Music Activity:
Children choose a forest animal. Then select an instrument that will make a sound that matches the way their animal looks and moves. Encourage children to think about musical features such as volume, pitch and rhythm. For example a loud, low, plodding rhythm played on a drum could represent an elephant.

Children perform their animal sounds. Can the class guess the animal?

Children can play their pieces in groups, to create a forest soundscape.

Rìgh na Coille

Sgeulachd às an t-Sìn

The King of the Forest

A Chinese Fable

retold by Dawn Casey

illustrated by Jago

Scottish Gaelic translation
by Michael Bauer

Bha am Madadh-ruadh a' coiseachd sa choille nuair a chuala
e rudeigin a' gluasad san fheur fhada.

STARBHANAICH   Rudeigin mòr.

PRIOBADH   Rudeigin le sùilean buidhe.

BOILLSGEADH   Rudeigin le fiaclan coltach ri sgeinean.

Fox was walking in the forest when he heard something moving
in the long grass.

RUSTLE   Something big.

BLINK   Something with yellow eyes.

FLASH   Something with teeth like knives.

"Madainn mhath, a mhadaidh-ruaidh bhig," ars an Tìgeir is chuir e braoisg air agus cha robh ri fhaicinn na bheul ach fiaclan.

Bha glugadh ann an sgòrnan a' Mhadaidh-ruaidh.

"Tha mi toilichte d' fhaicinn," ars an Tìgeir le crònan. "Bhuail an t-acras orm an ceartair."

Rinn am Madadh-ruadh grad-smaoineachadh. "Nach dàna leatsa!" ars e. "Nach eil fhios agad gur mise Rìgh na Coille?"

"Thusa! Rìgh na Coille?" ars an Tìgeir le mothar gàire.

"Mur eil thu gam chreidsinn," ars am Madadh-ruadh le urram, "coisich às mo dhèidh agus chì thu fhèin gu bheil eagal air càch romham."

"Feumaidh mi seo fhaicinn," ars an Tìgeir.

Agus dh'fhalbh am Madadh-ruadh air ceum tron choille mar sin. Lean an Tìgeir às a dhèidh gu pròiseil is earball gu àrd san adhar gus...

"Good morning little fox," Tiger grinned, and his mouth was nothing but teeth.

Fox gulped.

"I am pleased to meet you," Tiger purred. "I was just beginning to feel hungry."

Fox thought fast. "How dare you!" he said. "Don't you know I'm the King of the Forest?"

"You! King of the Forest?" said Tiger, and he roared with laughter.

"If you don't believe me," replied Fox with dignity, "walk behind me and you'll see — everyone is scared of me."

"This I've got to see," said Tiger.

So Fox strolled through the forest. Tiger followed behind proudly, with his tail held high, until…

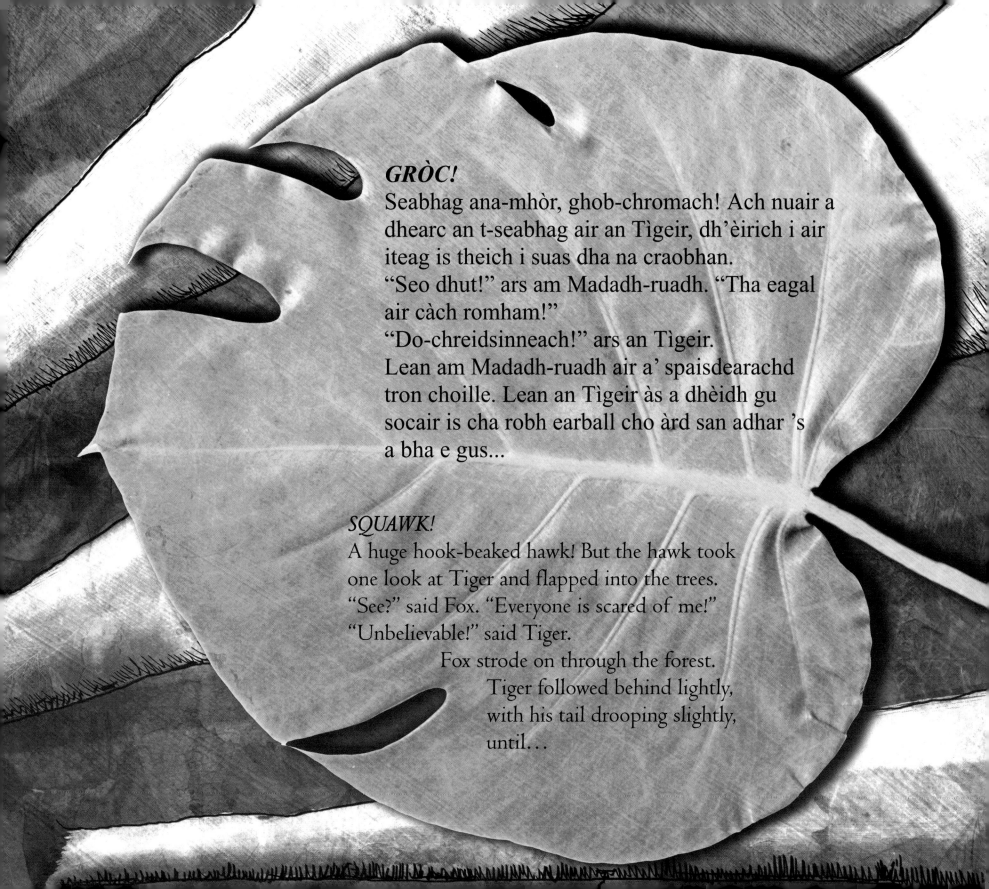

GRÒC!

Seabhag ana-mhòr, ghob-chromach! Ach nuair a dhearc an t-seabhag air an Tìgeir, dh'èirich i air iteag is theich i suas dha na craobhan.

"Seo dhut!" ars am Madadh-ruadh. "Tha eagal air càch romham!"

"Do-chreidsinneach!" ars an Tìgeir.

Lean am Madadh-ruadh air a' spaisdearachd tron choille. Lean an Tìgeir às a dhèidh gu socair is cha robh earball cho àrd san adhar 's a bha e gus...

SQUAWK!

A huge hook-beaked hawk! But the hawk took one look at Tiger and flapped into the trees.

"See?" said Fox. "Everyone is scared of me!"

"Unbelievable!" said Tiger.

Fox strode on through the forest. Tiger followed behind lightly, with his tail drooping slightly, until…

GRÙMHAN!

Mathan mòr dubh! Ach nuair a dhearc am mathan air an Tìgeir, theich e a-steach dha na preasan.
"Seo dhut!" ars am Madadh-ruadh. "Tha eagal air càch romham!"
"Do-chreidsinneach!" ars an Tìgeir.
Lean am Madadh-ruadh air a' ceumnachadh tron choille. Lean an Tìgeir às a dhèidh gu h-umhail is bha earball a' slaodadh air làr na coille gus...

GROWL!

A big black bear! But the bear took one look at Tiger and crashed into the bushes.
"See?" said Fox. "Everyone is scared of me!"
"Incredible!" said Tiger.
Fox marched on through the forest. Tiger followed behind meekly, with his tail dragging on the forest floor, until…

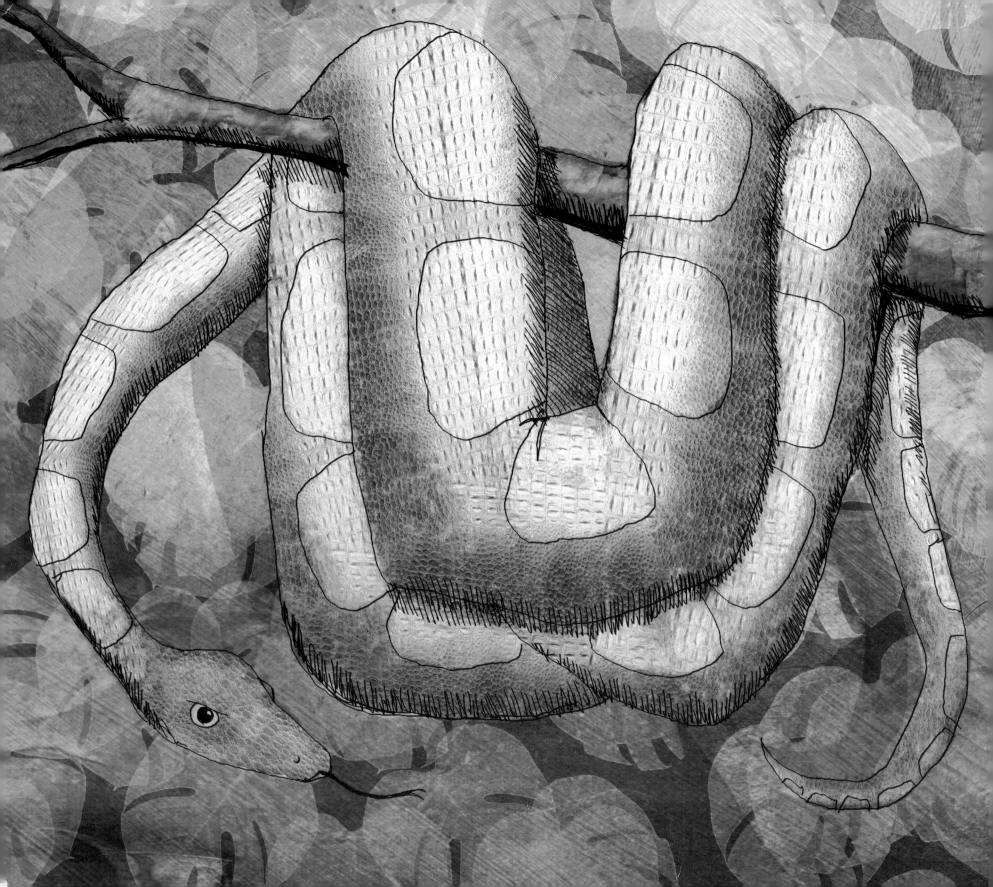

FAISSSSSSS!
Nathair èalaidheach, shnàigeach! Ach nuair a dhearc
an nathair air an Tìgeir, theich i dhan phreaslach.
"SEO DHUT!" ars am Madadh-ruadh. "THA EAGAL
AIR CÀCH ROMHAM!"

HISSSSSSS!
A slinky slidey snake! But the snake took one look
at Tiger and slithered into the undergrowth.
"SEE?" said Fox. "EVERYONE IS SCARED
OF ME!"

"Tha mi gur creidsinn a-nis," ars an Tìgeir, "is sibhse Rìgh na Coille agus tha mise nur seirbheiseach ùmhail."

"Glè mhath," ars am Madadh-ruadh. "Fàg m' fhianais, ma-tà!"

Agus dh'fhalbh an Tìgeir is earball eadar a dhà chois.

"I do see," said Tiger, "you are the King of the Forest and I am your humble servant."
"Good," said Fox. "Then, be gone!"

And Tiger went, with his tail between his legs.

"Rìgh na Coille," ars am Madadh-ruadh ris fhèin 's e a' dèanamh snodha-gàire. Dh'fhàs an snodha-gàire na braoisg agus a' bhraoisg na braoisgeil agus bha e a' dèanamh lachan mòr gàire air an t-slighe dhachaigh air fad.

"King of the Forest," said Fox to himself with a smile. His smile grew into a grin, and his grin grew into a giggle, and Fox laughed out loud all the way home.

To my Nana, with love - DC

For my wife, Alex - J

East Dunbartonshire Council

First published in 2006 by Mantra Lingua Ltd
Global House, 303 Ballards Lane
London N12 8NP
www.mantralingua.com

A CIP record for this book is available from the British Library